不一样的卡梅拉 7

★ ★ ★ ★ ★

我要找到朗朗

[法]克利斯提昂·约里波瓦/文　　[法]克利斯提昂·艾利施/图

郑迪蔚/译

二十一世纪出版社
21st Century Publishing House
全国百佳出版社

克利斯提昂·约里波瓦（Christian Jolibois）今年有 352 岁啦，他的妈妈是爱尔兰仙女，这可是个秘密哦。他可以不知疲倦地编出一串接一串异想天开的故事来。为了专心致志地写故事，他暂时把自己的"泰诺号"三桅船停靠在了勃艮第的一个小村庄旁边。并且，他还常常和猪、大树、玫瑰花和鸡在一块儿聊天。

克利斯提昂·艾利施（Christian Heinrich）像一只勤奋的小鸟，是个喜欢到处涂涂抹抹的水彩画家。他有一大把看起来很酷的秃头画笔，还带着自己小小的素描本去过许多没人知道的地方。他如今在斯特拉斯堡工作，整天幻想着去海边和鸬鹚聊天。

获奖记录：
2001 年法国瑟堡青少年图书大奖
2003 年法国高柯儿童文学大奖
2003 年法国乡村儿童文学大奖
2006 年法国阿弗尔儿童文学评审团奖

copyright 2006. by Éditions Pocket Jeunesse, département d'Univers Poche - Paris,France.
Édition originale: JEAN QUI DORT ET JEAN QUI LIT
版权合同登记号 14–2007–107
Chinese simplified translation rights arranged with Chengdu ZhongRen Culture Communication Co.,Ltd,
本书中文版权通过成都中仁天地文化传播有限公司帮助获得

图书在版编目（CIP）数据

我要找到朗朗 /（法）约里波瓦著；
（法）艾利施绘；郑迪蔚译.
- 南昌：二十一世纪出版社，2008.5（2015.1 重印）
（不一样的卡梅拉）
ISBN 978-7-5391-4199-2

Ⅰ . 我 ... Ⅱ . ①约 ... ②艾 ... ③郑 ...
Ⅲ . 图画故事 - 法国 - 现代 Ⅳ . I565.85

中国版本图书馆 CIP 数据核字（2008）第 056684 号

我要找到朗朗

作 者 （法）克里斯提昂·约里波瓦 / 文
        （法）克里斯提昂·艾利施 / 图
译 者 郑迪蔚
策 划 张秋林   编辑统筹 黄 震
责任编辑 陈静瑶 张海虹   美术编辑 徐 泓 敖 翔
出版发行 二十一世纪出版社（www.21cccc.com cc21@163.net）
出版人 张秋林
印 刷 江西华奥印务有限责任公司
版 次 2008 年 5 月第 1 版 2013 年 6 月第 2 版
        2015 年 1 月第 44 次印刷
开 本 800mm × 1250mm 1/32 印 张 1.5
书 号 ISBN 978-7-5391-4199-2-01
定 价 10.00 元

本社地址：江西省南昌市子安路75号   330009（如发现印装质量问题，请寄本社图书发行公司调换 0791-86512056）

献给我的父亲,他在我还很小的时候就教会了我花园里的活儿。

——克利斯提昂·约里波瓦

献给我的祖父,他用故事灌满我的耳朵,让我成长。

——克利斯提昂·艾利施

这天晚上，鸡舍里可热闹了，大家都聚集到了一起。卡梅利多和小胖墩、小刺头、鼻涕虫几个尤其兴奋，他们上蹿下跳像一群小跳蚤。而卡门和她的伙伴们安安静静地坐在那里。激动的时刻就要到了，所有的小鸡都紧盯着大门，因为今天是星期一！

而星期一将会有……

"晚上好,小鸡们!"

"晚上好,故事爷爷!"小鸡们争先恐后地说。

故事爷爷刚一坐下，小鸡们就都闭上了嘴巴，鸡舍里安静得连羽毛落地的声音都能听见。

周一讲故事的时间到啦！

"喀！喀！"故事爷爷清了清嗓子，开始念起了魔法咒语：

"空特……空德……空提……空达！大的小的都竖起耳朵吧。"

"空特……空德……空提……空达！我那神奇口袋打开啦。"

故事马上就要开始啦……

小鸡们先是津津有味地
听了列那狐的传奇故事……

接着是尤里
西斯战胜独眼巨
人的故事……

还有他们百听不厌
的金鸡蛋的故事。

时间过得真快。大家希望故事永远都
不要结束，但是……

　　"空特……空德……空提……空达！我那
神奇口袋关上啦！今天晚上就到这儿吧。"

　　"啊，这么快！"小鸡们抗议道。

卡门和卡梅利多赶忙跑上前："给您，这是我们画的画。"

"谢谢，我的孩子们。"故事爷爷非常感动，"现在我还得赶到山顶上的鸡舍里去讲故事呢。"

"再见了，故事爷爷！"

"下周一见，一定要再来啊！"卡梅利多喊道。

小鸡们正准备乖乖地回窝睡觉。

"嗨！看，故事爷爷的故事口袋落在这儿了。"卡门喊道。

"你吃什么呢，贝里奥？"

"嗯……"贝里奥嘴里塞得满满的。

"奶酪，口袋里的……实在太诱人了，我忍不住……"

苍白的月光下，故事爷爷迈着沉重的脚步缓慢地走着，他不时停下来喘口气，关节咔咔作响，他已经快走不动了。

　　"我真是越来越老啦！"他悲叹道，"我已经精疲力尽，承受不了鸡舍间的奔波了。"
　　故事爷爷不禁有了悲观的念头："如果我不在了，谁来给孩子们讲故事？"

卡梅利多、卡门和贝里奥带着故事口袋追了出来。

"他应该没走多远！"

"好像是哭泣声。"卡梅利多惊讶地说，"真不敢相信！是故事爷爷在哭！"

"哦……不至于吧！"贝里奥说，"就为了块奶酪？"

"哦,是你们呀!"故事爷爷用衣袖擦了擦眼泪。

"您怎么了?"卡门不安地问道。

"孩子们,我老啦……太老了!快要去天堂见故事家族的祖先了……"

"……我实在太笨了,到现在还没有找到继承者。"故事爷爷号啕大哭起来。

呜呜呜!

突然，一股强大的气流
从井底喷出来！

"现在是哭的时候吗?!"

"啊！是您！伊索叔叔！"故事爷爷喊道。

"别害怕，孩子们，这是我叔叔！他是最著名的故事
大王，好多我讲过的寓言故事都是伊索叔叔教我的。"

"你刚才说什么？你一直没有找到继承者?！"鬼魂用低沉的声音问道，"这可太糟糕了！回答我，你还记得那个能让你找到继承者的预言吗？"

"你的继承者叫朗朗，你会发现他睡在叶子上，你必须跟随箭头的指引去找他。"

"我跟随过很多箭头，找了很多地方！树林、乡村、山谷……叔叔，但我从来都没有找到那个睡在叶子上的神秘的朗朗……"

"剩下的时间不多了，我的侄子！如果你在三天内没有找到继承者，我们所有的故事将会被世人遗忘！"

"只有三天的时间来完成这项工作！三天，我的侄子，你听清了吗?！"

"三天，就三天！"

"我愿意学习这些故事,真的,我太喜欢讲故事了!"卡梅利多自告奋勇。

"唉,我的孩子,预言是明确的! 一定要找到那个叫朗朗的来继承我的事业。"

"朗朗,我认识十几个呢! "卡门喊道,"我们一起来帮您找吧! "

说干就干！天一亮，大家就上路了。故事爷爷再也没有力气走路了，只能由贝里奥一路背着。

　　"跟着箭头的指引走！"

　　"箭头？在哪儿？"贝里奥边找边说。

　　"能告诉我您讲的那些故事是从哪儿来的吗？"卡梅利多问。

"当然有一些是我想象出来的，但绝大多数的故事是传承来的！从很久很久以前开始，它们便由故事家族一代一代传承下来，这可真是一笔财富呀！"

大家首先来到长耳朵朗朗家,他是著名的短跑运动健将,因为耳朵长、跑得快,人们给他起了个绰号叫"箭头"。

"啊,你们是谁? 看样子你们好像找我有什么事情……刚才你们说什么来着?"野兔朗朗语速飞快。

"朗朗! 是我们! 卡门和卡梅利多!"

卡梅利多向他解释了一大早来访的目的。

"当'说书'的!"野兔朗朗大声喊道,"太好了! 我会学得很快! 速度是我的强项! 我们现在开始……开始吗?"

但是结果，野兔朗朗连一个故事也记不住，就算重复很多次也不行。

"等一下！等一下！我要这样才能记住，我保证。看！为了不忘记，我把耳朵打个结。"

三个小伙伴使劲捂着嘴，不让自己笑出声来。

"耳朵上打的结真像'大麻花'，可怜的家伙！"大家终于忍不住笑翻在草丛中。

哈哈哈！

"显然，野兔朗朗不是预言里说的朗朗。"

"别泄气。"卡门说，"我们再去找别的朗朗。"

"朋友们，你们这就要走了吗？真遗憾，我们玩得多开心……哦！我们刚才玩什么来着？"

大伙儿接着又去找了灰狼朗朗、猞猁朗朗和蜥蜴朗朗，但都不是他们要找的朗朗。

"我快背不动故事爷爷了！"贝里奥嘟囔着说，"赶快想个办法呀。"

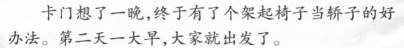

　　卡门想了一晚，终于有了个架起椅子当轿子的好办法。第二天一大早，大家就出发了。

　　"今天咱们去找谁？"故事爷爷问道。

　　"先进山洞看看，小心哦！"卡梅利多回答道，"这里面住着个厉害的家伙，一个真正的危险分子！"

　　"别吓我！这儿有尸骨！"
贝里奥吓得脸色苍白。

"我……我还是在外面等你们吧！"

冒着被蝙蝠攻击的危险，
卡梅利多、卡门和故事爷爷摸
索着向山洞深处走去。突然，
他们看到了一个庞然大物……

"嗨嗨嗨！"
"狗熊朗朗？快醒醒呀！"

"谁呀？敢打扰我睡觉?!
这已经是第二次吵醒我了！但
愿你们能有个很好的理由……
否则我的脾气可不怎么好！"

啊啊啊嗯嗯啊！

"看！箭头！就像预言里说的……
难道真的是他?!"

在卡梅利多的鼓励下，故事爷爷向狗熊朗朗道出此行的目的：

"朗朗先生，您……您有没有想过换一个职业？比如说当……当说书人？"

"痛死我了，小子，我要把你……"

"安静点，大胖熊！看这个！
是从你屁股上拔出来的！

"啊哈！难怪我睡不好觉！"狗熊朗朗嘟嘟囔囔地说，"谢谢你，卡门。昨天，有个小男孩居然用玩具弓箭射我，这支箭应该是他的，那个小坏蛋就住在喷泉附近……"

趁着狗熊朗朗转变了态度，故事爷爷赶紧再次提出请求："您愿意接我的班吗，朗朗先生？"

"我感到很荣幸！可是这样工作量很大！我每年还要冬眠六个月呢！唔，晚安吧！"

"呼噜……呼噜……"

第二个晚上就要结束了，尽管他们找了很多地方，走遍了山川河谷，但自始至终也没有见到预言中的朗朗。大家筋疲力尽，累得快散架了，倒头便睡。

只有卡门琢磨了大半夜，想出了一个比抬着椅子走更好的办法，既舒适又省力。

"嗯！需要有个能转的东西，对了……辘轳！"

只剩最后一天了!
他们决定去桦树林里的白鼬家。
"闻到了吧,白鼬朗朗臭烘烘的秘密巢穴!"
"我觉得还好嘛!"卡门捏着鼻子笑着。

与此同时,在农场里……
"啊!谁拿走了我的辘轳?我用什么打水呀?!"

浑身散发着独特"香气"的白鼬蹲在洞口。

"是什么风一大早就把你们吹来了？"

"我在找一个叫朗朗的故事继承者，他将要替代我给大家讲故事。"

"我的妈呀，这是什么味儿！"卡梅利多和卡门几乎快要晕倒了。

"不用再找了！我就是你们要找的那个朗朗！"白鼬朗朗兴奋地表示。

故事爷爷深吸了几口气，本打算赞扬白鼬几句，但实在抵挡不住那股特殊的"香气"，当场晕倒在地。

"谁能解释一下，为什么他不能胜任这项工作？"贝里奥问。

他们不知疲倦地问遍了这里所有叫朗朗的。

"接替故事爷爷？对不起，我还没有结束疗养呢！"

"说书？这我挺有兴趣的，但是我正在
等待一位公主的亲吻呢！"

"你怎么敢对我这么正直的獾提出这个问题?！"

"嗨……请问?"

"忙着呢！"

"哦,这几个家伙连问都不用问！"

37

第三天晚上，一切都该结束了。

卡门、卡梅利多和贝里奥感到十分沮丧！

他们最后拜访的是住在市政府钟楼里的猫头鹰朗朗。

唉！漂亮的猫头鹰也不是他们要找的朗朗。

故事爷爷坐在那里沉默不语，太失败了！他即将要去另一个世界，故事家族的财富将要失传了。

突然，卡梅利多惊奇地发现……

"看那里！一支箭钉在木窗上！"

"一个箭头！"

"嘿！我认出来了，这支箭和上回射中狗熊朗朗屁股的那支是一样的。"卡门兴奋地喊道。

"好兆头！"卡梅利多说，"跟我来！"

"贝里奥！过来帮帮我们！"小鸡们大声喊。

"我以小鸡的名义担保！这就是那个狗熊朗朗提到的小坏蛋！他正睡在被人们称为'纸'的叶子上！"卡门喊道。

没有时间再胡乱猜测了,他们跑进了屋子里。
"请问你叫什么名字?"

小男孩被吵醒了，惊奇地看着这几位到访者。

"嗯……朗朗！"

"你喜欢讲故事吗，我的小朗朗？"故事爷爷紧张得心怦怦直跳。

"哦，是的，非常喜欢！特别是关于小动物的故事……"

"幸亏你们把我叫醒了，我的检讨还没写完，我要写一百遍——

'我再也不在教室里学狗熊叫逗同学们笑了'。"

"还有更紧要的事情！我的小朗朗，你愿不愿意成为……**故事的继承者**？"

"哦，我不知道我是不是能够……"

"很简单！我会给你讲许多故事，你都要牢记在心。"

"我愿意试试！"

故事爷爷太激动了，他高兴地看着眼前这位继承者，清了清嗓子。

"空特……空德……空提……空达！大的小的都竖起耳朵吧。"

"空特……空德……空提……空达！我那神奇口袋打开啦。"

故事马上就要开始啦……

　　故事爷爷首先给他讲的是伊索寓言。

　　"我太喜欢这些故事了！嗯……为了不忘掉这些
故事，我决定都写下来！"小朗朗兴奋地说。

一直到天亮,故事爷爷讲啊,讲啊,讲啊……

寓言、童话、传说、神话像源源不断的泉水一样涌出来。

小男孩也很认真,一字不落地记录下这些故事。

唰,唰,唰……

鹅毛笔在纸上飞快地写着。

任务完成了,卡梅利多、卡门和贝里奥放心地睡着了。

一个月以后,让小鸡们激动的时刻又到了,他们全都紧盯着大门。

没有什么好奇怪的,因为今天是星期一。

星期一将会有……

"晚上好,朋友们!"

"今天晚上,首先我要给大家讲一个斗智的故事:在森林里有位歌唱家,他酷爱吃奶酪……"

这就是——
乌鸦与狐狸……